歌集

三千世界を行く船

小谷博泰
Kotani Hiroyasu

歌集　三千世界を行く船＊もくじ

もくじ

第一部

第二部

歌集　三千世界を行く船

小谷博泰

第一部

早春

高きにはつぶやいている小鳥あり風ふきぬける裸木の群れ

うすぐもる空を過ぎゆく黒い鳥　過去世のわれの影のごとくに

それぞれに子どもを連れた母たちがいて風のなか夕陽かたむく

巣作りが近い鳩二羽　むこう岸に少女ら縄跳びしながら走る

長き列車過ぎてゆきたり若き日の我をのせ月日の遠くへと去る

戦災あり震災ありて集められ目鼻の消えた地蔵らの立つ

妹の死にゆくまでの寒き日々　春三月は夢見の多き

かしわでの音して神社の夕ぐれの風に吹かれる絵馬の少なさ

トンネルにともる灯りが小さくて電車は昭和の暗い地下行く

ただようがごとき小船に人がいてたばこ吸いおり垂れている旗

大阪へ娘と孫が行っているこのさびしさもまたよきものか

知らぬ間に河津桜の花ざかり紀伊半島がうっすらと見え

ちらり見た大きな人形は女の子　遊女伝説の春の港で

アーモンドの木に椋鳥が二羽とまり花びら食べる緑道のすみ

ハマダイコン

石の上にちらりと見えてすぐ隠れ今年はじめての蟻が一匹

はかなげな木苺の白い花が咲く触れたら棘に手を破られて

川端にふいに現れふいに消え幼女がひとり桜二分咲き

あちこちでさえずっている雀たちあの世のような昼ののどかさ

にぎやかに缶ビール飲む人らいて川のむこうも桜の白き

花びらがちるちるちるちるそよ風に散りゆくことしの並木の桜

四方向く四つの顔をながめ見るいずれも同じ梵天の顔

酒に身を破った男が住んだ日やこの寺に咲く今生の桜

弁天の祠のぞけば目の前に鏡があったあとはからっぽ

仁王門の仁王は何をいかりおる春爛漫とやがて夕ぐれ

夜桜が咲く思い出に鳥居見え福笹をうる白き手も見え

いつになく寂しい春だ田螺など鳴いていないかどぶ川のぞく

オダマキの花咲いている細道に地蔵堂ありみめよき地蔵

川ばたに水車のまわる農村の景色かわりて街のざわめき

いちめんに浜昼顔が咲きはじめもうすぐ五月　潮騒の音

雨傘が白い浜辺に落ちているハマダイコンの花揺れている

ねころんで見あげておれば青空の奥をみおろすごとし　砂浜

風景

カンパニュラ咲いて五月が過ぎてゆく家の裏庭　猫と目があい
太陽がま上にありてちりちりと樹々のてっぺんあたりが揺れる

蟻が蟻をくわえて運ぶ石畳カラスの声が近づいて来る

アメンボの四本の足が水をはうのどかに見えて虫たちの日々

ドクダミの花が匂えばうっすらと地獄めぐりの絵が浮かび消え

蜘蛛が巣を張る池の奥　いまそっとふた声ばかり蛙が鳴いた

池の上を行きつ戻りつもう水の中には戻ることなきヤンマ

カフェの窓を次々と人が過ぎてゆく微かにかすかにジャズが聴こえる

卓球台空いていますと札を下げ骸骨のレプリカが街を見ている

紫のガクアジサイが雨にぬれ商店街のはての夕ぐれ

前うしろ籠をかついで駈けてゆく猫たち月が林の上に

松林で飲んでいるのは酒だろうコロナの夏と言えど若きら

少女らがスカートおさえ降りて行く歩道橋　老いはあえいで登る

雨季

神社の名の書かれたビニールの福笹がパン屋の棚に鎮まりて　雨

いのちあることをうらめと母親の胎内にいた　真っ暗な闇

ばたばたと鶏死んだ梅雨の日に子ども時代が終わった記憶

死ねないで越えた青春　樹の中に闇が立つような街路のイチョウ

少年ら傘をたたんで道をゆく街のはずれに咲くかきつばた

ふとももがちらりほらりと見えている自転車漕いで少女ゆれつつ

花にひらひらひらひらと飛ぶついさっきサナギの殻を脱いできた蝶

顔はんぶん向けて私を見る鳩ら菜種の莢は道へとあふれ

ベンチにて髪を結わえて女立つつぶやきながら飛び去る雀

イソシギが一羽だけ来て歩みおり生々流転の海辺の時間

海峡を過ぎゆく船に乗っていた子どもの僕と母のあの人

船が行くむこうにうっすら見えていて黄砂の昼の紀伊の山々

梅雨晴れ

どこに僕は眠っているのか夢のなかに降る雨　夢のそとに降る雨
桑の実がかつてあふれた空間に桑の木あらずただつゆの雨

あらあなたお久しぶりとあちこちの戸口の前に立つ老女たち

メダカの子が水に生まれて幸せのわきでるような梅雨晴れの朝

窓の外の白いひざしはもう夏かうつつに日傘のマドンナが過ぎ

あの象も前にいたのもその前もやはりのんびり鼻など上げて

とらわれの山猫ねむる静かさの昼どきちかき青葉の季節

誰もいない回転木馬がまわりいる音をたてずに時まきもどし

コーヒーとわが人生といずれにがき小さな傘が窓のそと行く

さめかけた夢に見え博打好きの父あるいは男にくるった母か

池袋で見たパリ祭の映画などとっくに忘れ雨の日のカフェ

葬儀屋のむこうは予備校タチアオイの花の横ゆく黒い雨傘

草原をはしる馬たち　昭和ふう珈琲喫茶の壁の古き絵

ガラス窓の上へぐんぐん伸びてゆく飛行機雲のひとすじの白

ニュージランドの記憶

まるで映画の場面のようで白人の男ら道路工事している

開拓者らしい写真を飾りいて道の記念館なじめず我は

アボリジニの親子らしきが立っていたサザンクロスの国の駅舎に

二度と来ることなき異国で見上げていた道の辺に咲くささやかな桜

はるかなる南半球　金髪の娘がバスを降りてゆきたる

セスナ機の客みな窓のそとを見る氷河の上で時間がとまる

クローゼット

町なかにぽつんとあらわれ声がするテレポート用電話ボックス

部屋の奥のクローゼットにいくつかの胴体があるときどき選ぶ

タブレットのなかの時空を飛び出してきた子どもらに我もまじれる

奥へ消えた人ひとりあり夜の闇がむこうに見えた目覚めの記憶

朝焼けの窓あけて見るベランダに夢の続きのような鬼百合

第二部

商店街

ただよっているかのようにマスク行く商店街のアーケード下

墓花やお供えセットを売っておりに明かりのともる通りに

ネクタイを結んだ首に顔が無いショーウインドーのしゃれたマネキン

物置きのような店あり棚の奥にこけし数珠玉あるいは精霊

首ひとつ飾られている古着屋のとなりも前もシャッターおりて

看板のかげに何かがぼっと立つあれはスマホをしている女

騒音があふれて前をむく人らふいにパチンコ屋のとびらが開いて

バス通り

父と子は老いても父と子ベランダにバケツ一杯の水運ばせる

包帯がとれて病院の帰り道　川の流れをしみじみと見る

つぎつぎとくるまが過ぎる日盛りのバス通り人は皆マスクして

子どもらも雀もいない暑き日の公園のすみ散らないムクゲ

熱帯夜

まるい黒とがった茶色ゴキブリの夜ごと湧きだしさっと消えさる

いっさんに逃げ散る虫を踏みまわるナミアミダブツと唱えもせずに

ひげがゆれる大きな顔を近づけてゴキブリわれを見おろす、夢か

漆黒の小さな蟻が這うめざめ畳一枚を平原となし

鈴虫は死にはて声なき静かさにラジオつければ遠い戦乱

影のない曇天の日かゆくすえを思えば蟬がしゃわしゃしゃわと鳴く

彼岸花

何のはねか一枚ひらひら降りてきて晩夏も過ぎた風なき暑さ

コオロギの声が聞こえてすぐとぎれ国道を次々とくるまの急ぐ

枯れ落葉うごくと見えて中にいた白きひとひら蛾がもがき出る

彼岸花のつぼみが土から伸びあがるどこかで鳴いたつくつくぼうし

濃紺の朝顔の咲く道を来てふりむけば花は皆消えている

公園のベンチでひとり弁当を食べて静かなセールスマンか

新しい駅をながめて過ぎた日々、ひまわり咲いたスーパーできた

雀蛾がからだ重げに飛び去った朝のベランダのちはただ雨

アルバイトこのごろいない喫茶店アクリル板が増えて静かな

雨の降る林のなかにひとりいて過去より未来がふいに重たい

パチンコ屋の前でしげしげ眺め見るアグネス・ラムのある日の写真

盗人萩

ものの匂いさまざまにして人おらず震災前はにぎわった道

昼すぎの窓の向こうに店ありて事務する女の背中が見える

カフェのなかしゃべる女の声のみが聞こえていたが見ずに出てくる

プランターの桔梗に風が吹いているわが晩年の今日の夕ぐれ

この町にもバレー教室が一つあるバレーの少女を見たことはない

夕ぐれのお稲荷さんに灯火がともる我にはとどかぬあかり

社務所にはだあれもいない宵闇がせまる神社の小さな鳥居

桜の木にオレンジ色の葉がまじり夏しりぞくと雨降りはじめ

風のなかの家族がバーベキューかこむ秋の彼岸も過ぎたひととき

池の辺のカヤツリグサのあたり行き風にまぎれた虫ありて秋

三か月で終わってしまってさようなら別れもたのし病院通い

光りさす方へフラミンゴ集まりてフェンスの外に遠き日のわれ

近づいて来てまじまじと見て去ったオラウンター知らぬ顔に戻って

子どもらを遊ばせている保育所のひと部屋　雨降るビルの二階に

だっこ紐をする父親か伸ばす手の小さきが後ろから見えている

垣の上のカボチャの蔓に花咲いて列車が遠く去ってゆく音

胸豊かな女あらわれすれちがう盗人萩の咲く細道に

木の茂みに二羽のキジバト姿消す雨やんで静かな九月のなかば

救急車が悲鳴のような声をあげ走って行った朝のビル街

浜辺の秋

猿田彦をまつるさびしい祠へとよろよろ杖をつきながら行く

照り陰りする十月の砂浜でレンズがのぞく水着の女

日は射してすぐまたかげる一匹の赤とんぼ低く葛原に飛び

葦の葉もなかばは枯れて水の辺に捨てられている赤い自転車

まぼろしと言えばまぼろし須磨の浦で釣り糸たれる男もわれも

列車過ぎて去りたるあとを風やみぬさんさんと陽が葛原に照る

白波をたてて過ぎゆく船が見え中から人のこちら見ている

山鳩

こなみじんに砕けて散った時間かもかすかな羽虫あまたただよう

頭上はるかくぐもり鳴いてわが過去をついばむような山鳩の声

一木《いちぼく》をおおう葛の葉ゆうぐれの風にかたより陽にきらめいて

どうしようもなかっただろうか否否《いないな》と五十年後にまたわく涙

草原にカボチャのような家があるときどき来ている子どもの小人

ふらり来て寄った秋の日　街かどの珈琲喫茶で飲むモカの味

すでに店を閉じて久しい一軒のレコード店の看板の傷

我になすことまだあるやカルガモのつがいが川の流れに浮いて

港町のドライブインで食ううどんドライバーらで朝のにぎわい

鈴懸の並木の風がかおる道ビル街のはるかにヘリポート見え

ベンチありソーラーパネルの屋根つきで、遠くに遊ぶ男の子たち

トンネルのどこかでコオロギ鳴いており高架を列車が過ぎてそののち

小春日の街かど

旅の日の学生たちを思い出す金木犀のかおりしている

街空に雨降りはじめ雀らが枯葉のように吹き流される

ハロウィンがすんで霜月はるかなるミサの歌声が風に聴こえる

雀らも去ってしまって秋終わる雨となりおりながい一日

ポストまでの道にも揺れる草木ありプラタナスの葉が木枯しに飛ぶ

ただ一つ赤とんぼ飛ぶ川岸のむかいに桜紅葉きらめき

心まで溶かされそうな小春日の暖かい街　救急車が急ぐ

人はみなマスクしており眼の高さを流れていった黄色い蝶々

眼の前をチワワが過ぎて小春日の街かどのこの幸せ時間

婚礼の行列が白い葬列となりおりここは異界の出口

あたたかい一日だったとメモをする小春日和に蟻が一匹

千日紅

ささやかなパレードが商店街を行くと見れば選挙のちらしを配る

チェ・ゲバラいきた時代もあったのだ千日紅やや衰えて秋

苦いにがいブラック・コーヒー飲もうとも我の昭和にアバヨができぬ

真昼間に昭和の浴衣の子どもらが道をかけゆく　戦争が来た

対岸の桜もみじもなかば散り妖怪めいて赤い木々立つ

サメが泳ぐエイが泳ぐと見上げいて水族館にひとり来ている

海月ふわりふわりと浮かぶ悩まないはずがないのが人生だよと

貧弱な水族館でデートした相手とのちの長い年月

超高層アパートに干すさまざまの洗濯物あり天を飛ぶ鳥

帰り来た船のほかには人を見ず冬の浜辺の昼の波の音

よく通る道に見知らぬビルがあるエレベータで吊られて昇る

ここはビル九階にして食道街　歌とドラムの音と流れる

ラーメンを注文するのもタブレット　正午の前にアルバイト増え

日曜のレストランにて食べながらティッシュに書いた短歌《うた》ありなくす

地下街のような高層ビルのなか最上階は駐車場にて

下りゆくエスカレータの階ごとに若者たちのさまざまに立つ

タクシーの窓の外には黄金の公孫樹《いちょう》がならぶ大阪の街

朽ちかけてなおぶらさがるなすびの実、冬来る前の日の暮れはやし

残照が桜もみじを洗いおり太極拳する一人の老人

黒い蠅が土にとまった雲が湧き風ぱったりとやんだひととき

ひと晩のあらしで色が変わりたりへクソカズラも冬へなだれる

初冬

やせた蚊がガラスの窓から出られないシクラメン鉢にまっ赤に咲いて

ありふれたこの退屈が幸せというものだろう窓のそと見る

戦争は遠い日のこと過去なのか未来なのかは知りたくもない

暗い雨がざんざざんざと降り始め鴉もなかぬ今日のしののめ

港町にして海見えずビルならぶ路地裏に雨、アスファルトに雨

色づいた葉はそのままに柿の木に鳥に食われた実の皮たれる

樫の木のしげみに隠れた雀らが小雨になれば外をうかがう

年金の日の銀行にディスタンスなどは無視して並ぶひとびと

今年また冬しらずの花かがやいていつもの坂のひだまりに咲く

トンネルを出たところには違う道　色づく樹々に雀の群れる

線路わきの道に小さな地蔵立つ瓶の小菊を小蠅がなめて

出かけては冬のはじまるこの町のさびしさ集めて帰り来るのか

花赤きかなたに暗く冬ざれの墓地あり見えぬ雨が降りつつ

夢百年

失楽園ならぬガラスのなかの森アンリー・ルソーのイブが笛吹く

打ち寄せる波の音せぬ宵闇の浜辺あるいてまた夢に居る

ドアの横にランプがともる酒場あり船乗りたちの騒ぎ聞こえる

帝国の滅んだのちの港町マリアの宿が赤く灯りて

百年はまたたくまにて木枯しが過ぎゆく町の夜の讃美歌

ピースの薔薇

喫茶店の鏡のなかに道ありて看板の字はみんな逆向き

小春日の障子のそとに雀いてふっと気づけば昭和の座敷

防空壕の屋根にピースの薔薇咲いて独立前の日本の子どもら

物干しからわずかに海が見えている次第に腐ってゆく大家族

なにもかも過ぎてしまえば昔にて死んだものらの夕暮れである

パチンコ屋ののぼりが風にはためいて今年静かなクリスマス・イブ

クリスマス・イブのカフェにて引きあてた異世界旅行の片道切符

裸木の影から体がはみ出して年の瀬のわが影法師だよ

石段の匂いをかいで犬が行くにおいのなかに生きるものたち

冬晴れの空に宇宙の半月が薄っすら見える　枯葉とびちる

遠景に葉をこぼしいる一本のイチョウの樹あり年の終わりに

港町

Ｂ２９が次から次へと飛ぶこともなくて元旦おだやかな朝

どこやらで機械がうなる音がする２１世紀の都会の冬に

信号もテールランプもみな赤くかがやく瞬間　夕ぐれの街

異世界にいる気分にて孫たちとテレビ電話をしている俺か

ヘクソカズラ風船カズラが枯れ色になってぶらさがる正月である

百年後千年後にもかく雲が流れて行くか輝きながら

夕映えがビル壁面を照らしいておいでおいでと低くささやく

学生ら皆引きあげて昼過ぎの喫茶店われの取り残される

居酒屋の前を行ったり来たりして十年前に戻るわけない

イタチ来てものほしそうにのぞき込む一月なかばの夕暮れだった

赤提灯のうしろにマスクの女いてたこ焼きを一個ずつ裏返す

水にくるくるペットボトルが回りいて岸辺にあわく残る夕映え

仙丹花《せんたんか》なお咲く明るい港町　一月のマネキンたちに顔なき

服を着た犬ばかり会う道を来てバーチャル世界のような太陽

地下の駅

枯れ草をうっすら雪がよごしおりヒヨドリ一羽わが庭を去る

あたふたと飛び去る樫のむらスズメ雪降りながらひざし明るき

一月も終わりに近い商店街　祠のなかの恵比寿が笑う

すれ違った男たしかに死んだはずあるいは死んでいるのは俺か

海の奥にカーテンのようにかかる靄　岸辺に車椅子が過ぎゆく

来たことのない地下の駅　見まわせば遠くのベンチに俺に似たひと

道ばたのマーガレットの白い花　青春の日に妻の詠みたる

遠くから見ている駅に人ひとり下ろして電車はすぐ去って行く

杖をついて改札口で我を待つあの日の父と同じわが歳

遠き日の引きこみ線の貨車の駅バナナを運ぶトラックが来て

慰霊碑に手を合わせている青年の後ろを歩く、北風が吹く

真夜中に起きてひとりのパンを食うあるいは夢の中のわれかも

病院の二階にははや灯がともり三階はまだ朝の暗がり

箱の中の宇宙

見たくない知りたくないですまされて今日もどこかであるジェノサイド

フルフルリ踊る少女は新型のアンドロイドでバレーの天才

千光年離れた地球を監視するステーションのなか隠者の個室

びっしりと宇宙を詰めた箱があるなかにときたま人の住む星

目の前をドラゴンの群れが過ぎて行く牢屋の中でチェスをする僕

ドードーやオカピがのんびり歩いているこの道にまだ人間いない

夕空をうすむらさきの雲がゆく人生に何を忘れてきたか

第三部

立春のころ

心まで錆びついてくるような日々コロナ禍すでに二年を越えた

喫茶店が近いベンチで食うアンパン　犬のクソなど見ぬふりをして

神戸という明るい街の昼すぎのオリーブの木の下の鳩たち

山雀《やまがら》が街に来ておりひもじさのためと思えど何かうれしい

高架橋の下にきらめく海が見え遠く小さく灯台の立つ

少しずつ日暮れは遅くなりはじめ公園に来て集まる子どもら

うたたねの夢のかずかずいにしえの人らも見しか覚めてなおゆめ

どこの国の言葉だろうかぺらぺらとしゃべりまくって深夜のラジオ

節分のおだやかな日の太陽が雲の上から白くかがやく

うたた寝のさめればそばに妻がいてああ一炊の夢と気づいた

パソコンに息子一家の写真来て会わずに過ぎるコロナ禍の日々

雪の降る日に

雪もようの昼さがりカフェに流れいるラジオの曲をうとうとと聞く

渋滞のニュース流して雪の日のラジオの騒ぐ山すその街

雪が窓に流れるように降っていてあたりはやがてムーミン谷か

北のはての小さな町に歌人ありて行ったことなき雪深きまち

さびしさにどっぷりつかって店を出る食器を洗う音をうしろに

聞きなれぬことばをしゃべる黒人が過ぎて行きたり雪の降る道

やんでのちまた降りはじめた重き雪スズメたち樫のしげみに隠れ

カーブミラー

傘と傘が行きちがいたる上にして街灯ともる雨の夕べに

目が覚めれば知らない曲が流れてるコロナ禍の日々よく聴くラジオ

日暮れ遅くなりつつ二月がもう終わる下では妻の長電話する

また明日があると思えばたのしいか長いコロナ期　雨降りつづく

子ども行くカーブミラーのなかの道カフェの窓からしばし見上げて

猫のいる港町など旅したい百年のちの知らない国で

とめどないわがノスタルジー春近き雨がガラスの窓に降りいて

ヘップバーンがぼくを見つめていたようだカフェの出口のモノクロ写真

月夜の塔のアリスたち

愛らしいクローン娘のメイドらが同じ顔して戸口にならぶ

お茶会でアリスの前のコーヒーにコモドトカゲの影がちらりと

夜は十日《とおか》昼も十日と歌いながら酔った男がローソクかえる

人肉の培養液でふくらんだ君らの肉だ焼かれて焦げて

乾杯のグラス渡した　女王の血のワインだぜ　匂いは消した

コカインをチーズにふれば火花とぶような食感、円いテーブル

塔の上のテラスで地球をながめつつ自分の尻の肉をかぶった

新しい女王様だと指さされ椅子ごとうしろへ転んだアリス

チェックアウトするときお代はいらないとオオトカゲ長い舌出して言う

この塔は出口なしだと先にいた酔っぱらい男ウインクをする

跳ねながら月のウサギがテーブルをひっくり返してすぐ出て行った

ベルが鳴るどこか遠くで目覚しの時計が右へ左へゆれる

春昼

早春の風にきらめく樹々の葉の遠くに聞こえおさなごの声
運河沿いにならぶ倉庫の戸はあいて人は見かけぬ春の真昼間

コート着た娘ら三人自撮りする海辺の階段　春のはじまり

ホトケノザ群れ咲く春を飛んでゆく一羽の鴨あり海すれすれに

鈴懸の裸木のしたに黒い実が散らばっておりどこへ行く道

子どもらが手を振りながら別れ行く一坪ほどの菜の花畑

三月の雀が巣わらを運びおり晴れた風の日いまだに寒し

消防車サイレン鳴らして二台行く山ぎわを薄い雲が流れる

はらみたる猫はこのごろ庭に見ず冬を越えたるのどかなる日々

日の丸をなびかせ小さな船が行くPOLICEと黒く横腹に書き

対岸の倉庫の白い壁のそと鎖をつけない犬が一匹

寺町から海駅へ

風が吹くああそよかぜが樹々に吹く春のひかりが山々に降る

鐘三つつきおわりたる親子いて金堂にむき手を合わせおり

ガラス戸のなかには赤いローソクが五本　炎の先はけぶれる

よだれ掛けに般若心経書かれおり幼い顔の六地蔵たち

裸木の濃きかげ落す石畳ことし最初の蟻が這いいいて

天竺の転生をする神々が見た数々のああディストピア

顔四つ乙女のような梵天も立ちいてわれの知らぬ天竺

海へ行こう海へ行こうとはやる心　坂くだりつつ霞む海見る

ひそひそとささやくような歌流れ海を見ている昼さがりです

母親と小さな娘が階段を下りていったよ　ことば交わして

カモメいない今日の浜辺に我ひとりわれの心を持てあましおる

異界の秒針

一光年時間がずれた惑星の蘭に似た羊歯　牛に似た熊

お兄さんが五階の窓から今日もまた入水した私を見おろしている

ここはどこあちらこちらの断崖に不動明王の顔が彫られて

きのこ雲が崩れ家々が燃えはじめ炎が地平線へと広がる

翼竜の群れが散らばり集まりて黒い太陽を追いかけて行く

ヘリポート

ハマダイコン薄紫に咲いておりと陽の当たりいる石垣の下

ひそかなる音に目覚めて夜深し土に心に雨降りやまぬ

もうすでに三月なれど札幌のライブカメラに映る雪国

水色の風速計がまわりいてはだ寒き日を飛ぶ二羽の鳥

菜の花のはてに来て見るヘリポート付きの高層ビルと山々

山ふたつならぶを見れば大いなる乳房のごとし霞む夕ぐれ

アーモンドの花咲いている道ばたでワクチン接種の妻を待ちおる

人間という動物の髪長き子どもが走る　あす咲く桜

人生についの日はあり一輪の桜が咲いた今日の青空

溝のはたにスミレが咲いて美しい朝だよ線路のわきの家並み

手をふりて降りてゆきたり我に振るものならなくに若く白き手

紫木蓮いろあせながら咲いておりふいにあらわれた一本の道

花びらがちるちるちるちるそよ風に散りゆくことしの並木の桜

死ぬこともひと仕事だと思いつつプラスチックのごみ選り分ける

生ごみの袋を出して帰るとき街空をゆく鳥たちの群れ

咲くさくら散るさくらありて今生の我の別れよ散るさくらよし

寝静まる街にタクシー一台が現れ去ったのちのさびしさ

死がひどく怖いと思う歯の痛む真夜中ひとり覚めて眠れぬ

初夏

ミツバチが迷い込んでるガラス窓むこうに赤いガーベラが咲く

高慢な女であった母だった子らを当然のように支配し

笹の葉が日にかがやいて何もかも終わったように青空のある

太腿の白い女が駆けてゆくふとももだけとなってかけゆく

ゴミ捨て場にアンドロイドの頭ひとつ転がる遠き日のわが頭

サツキ咲く港町にて晴れわたる空の遠くに煙突二本

金属音たてて過ぎ行く松葉杖　列車の窓に港が見える

ひとり居ることの不安に土曜日の昼のテレビをつけてすぐ消す

ヘクソとも言えぬ頑丈な根を張ってヘクソカズラが夏さきがける

見上げれば二つのカーブミラーありそれぞれ知らない町を映して

通り過ぎてのちの思いにランプひとつだけが門辺に灯る居酒屋

残照が壁に残れる時間にてメダカに餌をまけば寄り来る

水槽に河豚が泳いで鮮魚店の灯りが通りへあふれ夕ぐれ

梅雨入りの前の夏日にサボテンの花が咲きおりアンデス遠し

人工の女の声が終着の駅を告げおり無人の列車

人生はリアルな夢でスクリーンにわが風景の一つが映る

美しい大地のはてに細々とひとすじのぼる火山のけぶり

ウクライナ

遠き日に聞いたかしれぬサイレンのいまウクライナに鳴り響きおり

たまらずに泣いたよチェチェンの戦車隊ウクラナ軍と戦いおると

臍の緒の付いてるままの赤ん坊もプーチンが殺したあまたのひとり

戦場へ向かいつらなる戦車隊　一台一台若者ら乗る

見下ろせば広場に道にしかばねがてんてんとある夢のさめぎわ

今日もまた逃げる親子の生き別れ死に別れして戦争続く

ウクライナの殺されてゆく市民たちあるいはある日の東京だった

卓上にペットボトルが残されて地下シェルターの深き沈黙

ビートルズの曲がスマホより聞こえおりベトナムならぬウクライナの惨

何万と人が死ぬとも皇帝はにやりと笑ってテレビを消した

橋もろとも闇に何台も落ちて行く戦車がありて奈落のロシア

マリウポリにロシアの旗がはためいて血を噴くようなバラのくれない

輪廻の車

昨日には気づかなかった坂道のとちゅうに灯ともす老人ホーム

祠《ほこら》なる大明神はお狐さん鏡の奥に紙垂《しで》ぶらさがる

何本も赤い鳥居が立っていてくぐり抜ければ見知らぬ通り

ほおかぶりした狐目の男とも女とも見え暖簾を分ける

金色の小さな御輿をかつぎつつ過ぎゆく若者たちに声なき

遠くかすかに太鼓の音が去ってゆく町のはずれにまた町が見え

帰り来て灯ともす道にすれちがう槍持つ天狗と従者数人

雨の日の商店街のあちこちの閉まったシャッターお祭りのあと

道のすみ狭いテーブルくっつきあうようにたこ焼きを食う男たち

樹の下に白い猫手をなめており振りむけばもう猫いない道

にぎやかな女らの歌を聞いておりカフェのそとにはやらずの雨か

われはわれとはなししており窓に見えて向こうに赤い自転車走る

ぬいぐるみの熊がぼんやりこちら見るほかに客なき雨のひととき

子どもらの声やんでのち雨水をはねゆくくるまのさまざまの音

まわるまわる輪廻の車はるかなる三千世界をわが船は行き

耳の奥で小さな鐘がひとつ鳴るあの世の扉がひとつあいたか

マニ車に触れつつお堂を巡りいて誕生仏の立つに気づいた

一生のうちの一コマ蜘蛛の巣をつけて逃げゆくミツバチ一匹
ユーカリの葉がこまやかに揺れるゆえ風の流れをしばしながめる

ダチュラ咲く

梅檀《せんだん》は薄紫の雲のいろ花散り人逝き六月が来る

南無阿弥陀仏、南無阿弥陀仏と墓石に刻み込まれて寒き梅雨入り

あやふやな若さで過ぎる中学の生徒ら駅の通学時間

アーケード下のにぎわいの裏側にあってさびれたシャッター通り

ブラシの木が海辺の家に咲かす花　蟹の甲羅のあかき色して

お嬢さんちょっと露出度オーバーと言いたいような白い砂浜

垂れさがる黄色いダチュラの花のしたカナヘビが這う右へ左へ

今年またさびしい色のガクアジサイ去年と同じ道ばたに咲く

宅急便

坂多き神戸に住んである日行く川上の町、川下の町

暗き日のにわか雨ふるバス通りしなかったことが多い人生

何が来るか知らないままにただ一つの宅急便を待って夕ぐれ

すみきったサルビアの青とおい人　そろそろ畔に螢が飛ぶか

蔓百合が明るい色に咲いておりり梅雨の晴れ間をたのしむこころ

夕ぐれの商店街に落ちていたコイン一枚ひろわず過ぎる

店先の切った西瓜を照らす灯の夕べはるかなわが少年期

長い旅をしていたわれらと思うまで窓の景色が変わった　妻よ

夜半の雷鳴

梅雨はやくあけてかんかん照りの日の道に子どものわれがふりむく

返り咲く藤の花房もどり梅雨ということばすぐテレビから消え

おあとがよろしいようでと引き下がるわけにまだまだいかぬ人生

壁ぎわにぽつんぽつんと人がいて静かな夏の昼の図書館

通院の朝　駅前でソフトクリームを食べたことなど妻は忘れん

妻は孫とカフェで紅茶を飲みおらん夕べの至福の時間のなかで

太陽が低い位置から照りつけるビルも道路も光りに飲まれ

鴉さえいない朝だね生ごみの袋がぽつんと坂道にある

暮れなずむ街空ありて歩くとき一匹の蚊が我にまつわる

緑濃き胡瓜を食らう。ベランダでぶら下がっていたたくましい物

こうこうと四囲照りながらいくたびもとどろきわたる夜半の雷鳴

雨の城あと

まっすぐに落ちる雨粒が窓に見え生きてかさねた長き年月

棕櫚竹も山吹も葉がしげりいて真夏が近い　戸口どしゃ降り

かく長く生きてやがては土になるこのさびしさを幸せと呼べ

城あとの池のほとりに人おらず止んですぐ降る大粒の雨

花園にルリタマアザミや美女桜咲かせてカフェに人影がない

樫の木に過ぎた年月考えて見上げてわれのなんと小さき

あとがき

すぐに終わるかと思ったコロナ禍が終わらない。たくさんのマスクが道に漂って、まるで異界に来たかのような気分である。かと思えば、あわや世界大戦が起きるかというようなロシア・ウクライナ戦争が始まる。日本の元首相が選挙演説の最中に撃たれて、政治と宗教の闇の一端が露出する。

以前の歌集では日常と非日常をある程度、区別していたが、もういけません。起こるはずのない非日常が日常世界にまじりこみ、仕分けができない。おまけに、科学技術の発達によって、現実がファンタジーを追い越し始める。この不思議な時代は、じゅうぶん記録に値する。よって、写実作品が増えてくる。その結果の混沌が、この歌集である。

○

この歌集の出版が済んだら、そろそろ人生の転機、季節の変わり目のようなものが来るかなと思う。定年退職後、すでに十年余り、もはや退職後ではない。そうした思いがこの一、二年強くなってきた。あと一度、人生の違った景色が見られるかもしれないという気持ちである。何をするか、あるいは何をしたいかは、まだ、よく分からないが。

この第十六歌集は二〇一九年二月の下旬から二〇二二年七月の中旬までの作品四〇六首、四〇〇部出版である。

飯塚書店の飯塚行男代表に歌集の出版で三たびお世話になる。ありがたいことである。歌集もそのうちネットでの出版が基本になるだろうと思うと、なにやらレトロな気分になるが、情報の伝達から何やかやと急速にかわりつつある今、レトロでいたいという気分が強くなってきた。

安田純生代表をはじめ、「白珠」の皆さまにはお世話になっている。超結社同人誌「鱧と水仙」の皆さまも同様である。文学における座、あるいは「場」のありがたさを感じるのも、わがレトロのひとつであろうか。

二〇二二年十二月吉日　　　　　　　　　　　　小谷　博泰

小谷《こたに》 博泰《ひろやす》

安田章生に師事
一九六八年「白珠」に入会
一九八三年十月　第一歌集『たましいの秋』
一九九三年　同人誌「鱧と水仙」に参加
二〇一九年二月　第十二歌集『カシオペア便り』
二〇二〇年一月　第十三歌集『河口域の精霊たち』
二〇二〇年九月　第十四歌集『時をとぶ町』
二〇二一年七月　第十五歌集『オルフェの亜空間』

現住所　〒六五七―〇〇五八
神戸市灘区将軍通四―二―一六

白珠叢書第二五五編

歌集『三千世界を行く船』

令和五年一月十日　初版第一刷発行

著　者　小谷　博泰
装　幀　安田　清伸
発行者　飯塚　行男
発行所　株式会社　飯塚書店
http://izbooks.co.jp
〒一一二‐〇〇〇二
東京都文京区小石川五‐一六‐四
☎　〇三（三八一一五）三八〇五
FAX　〇三（三八一一五）三八一〇

印刷・製本　日本ハイコム株式会社

ISBN978-4-7522-8148-1